DIALOGUE

SUR

L'EMPLOI DES VACANCES

1866

INTERLOCUTEURS.

EDMOND, *moraliste.*
EUGÈNE, *espiègle et jovial.*
ÉDOUARD, *partisan de l'étude et du travail.*
LUCIEN, *partisan de la lecture.*
JOSEPH, *pour les distractions et les voyages.*
HENRI, *pour rester au foyer et seconder ses parents.*

I.

Edmond et Eugène.

EDMOND.

(*Tourné vers l'assistance.*) Avec la permission de l'honorable assemblée qui daigne aujourd'hui venir encourager nos efforts et nos travaux, je propose un court entretien sur l'emploi des vacances. — (*Tourné vers Eugène.*) Un voyageur prudent ne s'embarque

point sans provision pour le chemin, et un écolier prévoyant doit tenir prêt son programme et son règlement de vie pour les vacances.

EUGÈNE.

Mon règlement de vie est très-simple et facile à retenir :

Dormir la nuit, me reposer le jour.

EDMOND.

Un tel règlement n'a pas dû demander de grands efforts d'esprit et d'imagination. Je t'engage beaucoup à ne pas réclamer de brevet d'invention pour une pareille découverte, tu risquerais de ne pas l'obtenir.

EUGÈNE.

Et toi, tu as sans doute quelque projet magnifique à nous révéler. Si tu as trouvé le moyen d'allonger le mois de septembre et de lui donner soixante jours au lieu de trente, je rédige une pétition pour te faire obtenir la croix d'honneur.

EDMOND.

Il y a quelque chose de mieux à faire que d'allonger le mois de septembre, c'est de le rendre utile et profitable à tout le monde. Je veux seulement faire appel au bon vouloir de chacun et proposer un prix nouveau.

EUGÈNE.

Un prix nouveau ! et qui n'est point encore gagné ?

EDMOND.

Oui, un prix tout nouveau, et qui n'est point marqué sur la liste que l'on doit proclamer tout à l'heure.

EUGÈNE.

Il vient fort à propos, je n'aurai peut-être que celui-là. (*A part.*) Je n'ai pas vu la liste, mais je crains bien qu'on ne m'ait oublié. (*vivement.*) Vite, explique-toi.

EDMOND (*allant prendre un prix et une couronne préparés d'avance*).

Voici un prix et une couronne destinés à celui qui saura nous donner le meilleur moyen de bien passer les vacances.... Et je suis sûr que M. (*nommer le président*) voudra lui-même couronner le jeune vainqueur. Car il ne suffit pas de savoir travailler, il faut encore savoir se reposer.

EUGÈNE (*s'avançant pour les prendre*).

C'est moi qui suis le vainqueur, c'est moi qui gagne le volume et la couronne.

EDMOND (*le repoussant doucement*).

Et à quel titre, s'il te plaît ?

EUGÈNE.

Tu viens de dire que, pour le gagner, il faut savoir se reposer, c'est là justement ce que je sais faire le mieux.

EDMOND.

Se reposer n'est pas savoir perdre et dissiper le temps; je te crois en état d'y réussir parfaitement. (*Appuyant.*) Se reposer, c'est prendre le loisir et les distractions du sage, c'est savoir se créer un repos occupé.

EUGÈNE (*répétant méditativement les derniers mots*).

Un repos occupé....... voilà du nouveau, j'ai bien fait de vivre jusqu'ici pour apprendre du neuf. Un repos occupé. Cela veut dire, je crois, se reposer en travaillant..... Mais tu raisonnes comme ce naïf garde-champêtre qui criait à de jeunes maraudeurs, en tenant le fusil à la main : Attendez, attendez, mauvais garnements, je vais vous *tuer* pour vous apprendre à *vivre*.

EDMOND.

Je ne me suis pas trompé : on peut se reposer délicieusement en sachant varier ses occupations. Je suis sûr que, des rangs même de nos condisciples, vont surgir de sages conseillers pour l'utile emploi des vacances.

(*Montrant le prix et la couronne.*) Qui veut les gagner ? Qu'ils se lèvent. (*Edouard, Lucien, Joseph, Henri, se tenant debout*) : C'est moi ! c'est moi!...

EDMOND (*faisant signe de la main*).

Attendez, attendez, pas tous à la fois. (*Se tournant vers Eugène*). Eh bien ! tu le vois, tu as de nombreux concurrents.

EUGÈNE.

Laisse-les venir. Tous ceux qui s'embarquent sur la mer ne vont pas jusqu'au port, et plus d'un va venir ici faire naufrage.

EDMOND.

La lutte est ouverte; à vous à commencer, messieurs Edouard et Joseph. (*A Eugène.*) Asseyons-nous tous deux et laissons-leur le champ de bataille.

EUGÈNE (*en s'asseyant*).

Il est prudent de ne pas s'éloigner ; s'ils jettent des pierres dans mon jardin, je saurai bien les leur renvoyer : on ne doit jamais garder le bien d'autrui.

II.

Edouard et Joseph (*et par courts intervalles* **Eugène et Edmond**).

JOSEPH.

Moi, je vais d'abord laisser reposer livres et cahiers.

EUGÈNE (*sans se lever*).

A la bonne heure !

JOSEPH.

Pauvres livres, ils en ont besoin, après une longue campagne de onze mois ; ils sont tout meurtris et mutilés comme ces intrépides zouaves d'Afrique qui ont lutté contre les farouches bédouins..... Je vais leur accorder un congé complet et radical..... et m'en accorder autant.

EDOUARD.

Comment ! tu veux pendant un mois abandonner tes livres et les laisser se couvrir de poussière ?

JOSEPH.

J'en serai quitte pour les secouer et les épousseter au mois d'octobre.

EDOUARD.

Sans doute. Mais l'intelligence et la mémoire ne se débarrassent point aussi vite de la rouille et de l'engourdissement dont les recouvre une trop longue inaction.

JOSEPH.

Dis plutôt que se reposer, c'est prendre son élan pour mieux courir, c'est reculer, afin de s'élancer plus loin. Tiens, j'aime beaucoup l'apôtre saint Jean s'amusant avec une perdrix et répondant à celui qui s'en étonnait : Un arc toujours tendu perd peu à peu sa force et sa vigueur.

EUGÈNE (*se levant un instant*).

Bravo, nous sommes du même avis ; nous nous partagerons le prix. Je prends le volume, et je te laisse la couronne, ce sera moins lourd à porter.

JOSEPH.

Ta complaisance va trop loin.

EDOUARD A JOSEPH.

Et comment prétends-tu passer tes vacances ?

JOSEPH.

Moi, non-seulement je veux imiter saint Jean, mais je veux même imiter sa perdrix et prendre mon essor à travers les airs et l'espace.

EDOUARD.

En tous cas, si tu attends qu'il te pousse des ailes comme à la perdrix, tu n'es pas encore près de t'envoler.

JOSEPH.

Dieu lui-même a su y pourvoir, il a appris à l'homme à transformer l'eau en vapeur légère et à s'en faire des ailes : avec la vapeur et les chemins de fer on peut jouir, comme l'oiseau, de l'air et de l'espace.

EDOUARD.

Et à quoi tendent tous ces propos ?

JOSEPH.

Ils tendent à dire que je voudrais voyager et étudier les pays sur place (*fouillant dans sa poche.*)... Mais j'y trouve un léger empêchement.

EDOUARD.

C'est sans doute que ta feuille de route n'est pas signée.

JOSEPH.

Et ce qui est pis encore, c'est que je n'ai pas de

quoi la faire signer. Car, vois-tu, une bourse vide, c'est une voiture sans roues et une locomotive sans vapeur.

EDMOND (*se levant un instant*).

Tu pourrais bien ajouter qu'une tête légère et qui se laisse remplir de vains projets, c'est comme une locomotive sans mécanicien et sans frein, qui erre à l'aventure sur la route et qui promène les dégâts.

EDOUARD A EDMOND.

Voilà qui est bien parlé. En effet, je crois que Joseph, comme tant d'autres, ne voyagera jamais que dans le pays des illusions et qu'il ne bâtira que des châteaux en Espagne...

EUGÈNE (*se levant pour s'asseoir aussitôt*).

Où veux-tu qu'il en bâtisse ailleurs? Toutes ses propriétés, comme les miennes, sont dans ce pays-là.

EDOUARD (*vivement*).

Eh bien ! moi, toutes mes propriétés et mes espérances sont dans le travail, et je veux continuer à m'instruire, je veux même employer chaque jour des vacances quelques heures à l'étude.

JOSEPH.

Je te souhaite du plaisir et du courage pour continuer tes études.

EDOUARD.

Et moi, je te souhaite joie et bonheur dans tes rêves de voyage.

III.

Les mêmes, plus **Lucien.**

LUCIEN.

Il me semble que vous prenez les deux extrêmes, et que, entre étudier et ne rien faire, on peut placer une occupation plus douce et plus utile.

EDOUARD.

Une occupation plus utile que celle d'étudier? et laquelle?

LUCIEN.

Pourquoi nous donne-t-on des prix?

EDOUARD.

Pour récompenser nos travaux. Voilà pourquoi je veux prendre l'avance; je veux en mériter un en faisant exactement les devoirs qui nous sont donnés.

LUCIEN.

Et que fais-tu des livres que tu reçois?

EDOUARD.

Je les conserve propres et bien soignés, j'en forme une petite bibliothèque qui doit orner la maison, et j'ai le plaisir de me dire : Voilà le fruit de mon travail.

LUCIEN.

Moi à ta place, je les mettrais sous verre pour ne

pas en ternir les brillantes couleurs. Crois-tu donc que les livres nous sont donnés seulement pour que nous en admirions la séduisante couverture ? Dès le premier jour de vacances, je commence à lire mon livre de prix.

EDOUARD.

Tu supposes alors qu'il est fort intéressant.

LUCIEN.

Qu'importe, pourvu qu'il me donne un conseil utile ou qu'il m'apprenne quelque chose que j'ignore ! Avec un livre on se récrée, on étudie et l'on voyage souvent tout à la fois.

JOSEPH.

C'est cela, on voyage au coin du feu ; c'est une bonne méthode pour ne pas redouter les accidents de chemin de fer. Et tu crois que je veux être enfermé tout le jour comme une plante fragile dans une serre chaude? Moi, il faut que je m'épanouisse au soleil.

EDOUARD.

On peut jouir du grand air sans arpenter les cinq parties du monde.

JOSEPH.

Tout se meut autour de nous : la terre fait le tour du soleil..., la lune voyage autour de la terre, les étoiles se promènent dans le firmament, l'hirondelle s'en va tous les ans sous un autre ciel... et vous voulez que je reste attaché au sol comme les fondements d'une cathédrale ? Non pas, s'il vous plaît. Si je ne puis aller plus loin, je courrai les bois et les champs. Il faut que je respire à pleins poumons le grand air et les rayons de soleil.....

LUCIEN.

En tous cas, prends garde, à ne pas justifier la parole d'un sage : Rarement à courir le monde on devient plus homme de bien.

EDOUARD.

Je crois, en effet, que les grands coureurs ne recueillent pas souvent des fruits de sagesse et de vertu.

LUCIEN.

Tu recueilleras des fruits et des leçons plus utiles dans un bon livre.

JOSEPH.

Mais tu l'as entendu dire comme moi, la nature est un livre magnifique, composé de deux pages splendides, le ciel et la terre. C'est là dedans que je veux lire.

LUCIEN.

Il faut être plus habile que toi pour y lire sagement; il y a même des savants qui ne regardent que ces deux pages, et qui ne savent pas tourner le feuillet pour y rencontrer Dieu qui se cache derrière.

EDOUARD.

Et moi, je te demande chaque jour deux heures d'étude et de devoirs. Pour te donner l'exemple, je commence demain mon travail des vacances.

JOSEPH.

Je te trouve un peu pressé.

EDOUARD.

C'est en commençant tout de suite, et en commençant bien, que l'on y prend goût : plus on travaille, plus on veut travailler.

EUGÈNE (*se levant*).

Je ne suis pas de ton avis. Moi, je partage l'opinion de ce brave homme qui s'écriait tout étonné : On dit que l'appétit vient en mangeant, je ne m'en aperçois guère : voilà deux heures que je suis à table, plus je mange, plus l'appétit s'en va.

EDOUARD.

Je n'ai pas de peine à le croire ; mais il n'en est pas de l'esprit comme de l'estomac... Plus l'esprit est cultivé et rempli de connaissances, plus il se développe et s'agrandit ; plus il sait, plus il est avide de savoir, et c'est surtout l'étude qui le développe et le satisfait.

LUCIEN.

Dis plutôt la lecture : c'est elle qui donne les connaissances les plus variées. Voilà pourquoi un homme d'esprit répondait à Louis XIV, qui le félicitait sur ses riches connaissances : Sire, c'est le fruit de mes lectures. — Les livres embellissent et ornent l'esprit, comme les délicieux poulets que vous me faites servir me donnent des joues pleines et fleuries.

JOSEPH.

Ce sont surtout les voyages qui enrichissent l'esprit : quand on parcourt le monde, on est comme l'abeille qui butine de fleur en fleur pour composer son miel ; on recueille partout une large moisson de faits et de connaissances.

EDOUARD.

Ceux qui savent beaucoup sont ceux qui ont blanchi sur les livres d'étude.

LUCIEN.

Et plus encore ceux qui ont parcouru des livres nombreux.

EDOUARD.

Parcourir les livres sans les étudier et les méditer, c'est voir les villes et les pays à travers la fumée d'une locomotive : le lendemain, il n'en reste qu'un vague souvenir.

LUCIEN.

La lecture fait plus que nous rendre savants, elle sait encore nous rendre meilleurs.

EDOUARD.

Elle sait même quelquefois nous rendre plus mauvais, si nous n'avons pas su choisir nos livres et discerner ceux qui nous sont utiles.

IV.

Les mêmes, plus **Eugène** et **Edmond.**

EUGÈNE.

Allons les mettre d'accord, car ils n'en viendront pas à bout.

EDMOND.

Moi, j'estime qu'ils ont raison tous les trois, il suffit seulement de s'entendre et de faire un heureux mélange des choses.

EUGÈNE.

Moi, j'estime qu'ils ont également tort, et que pendant les vacances, il faut mélanger seulement les plaisirs, les jeux et le repos.

EDMOND.

Avant de rien décider, nous allons donner la parole à Henri qui s'est annoncé comme concurrent.

EUGÈNE.

C'est juste. (*S'adressant à Joseph.*) Joseph, tu aimes beaucoup les voyages, n'est-ce pas ?

JOSEPH.

Je les aime à la folie.

EUGÈNE.

Eh bien ! va-t'en voyager jusqu'à ta place....... (*A Edouard et à Lucien.*) Tous les deux, vous pourrez l'accompagner et prendre un billet d'aller et retour, pour revenir tout à l'heure.

EDMOND.

Henri est invité à venir nous dire l'emploi de ses vacances.

V.

Henri, Edmond, Eugène.

HENRI.

Les magnifiques projets que l'on vient d'exposer ne sont que des rêves d'enfants. Et tout à l'heure, j'ai cru voir des pères et des mères qui semblaient dire avec un certain sourire : C'est moi, mon fils, qui te ferai ton programme des vacances.

EUGÈNE (*se grattant l'oreille*).

C'est bien là justement ce qui me fait baisser l'oreille.

EDMOND.

On dit avec raison que l'homme propose et que Dieu dispose. Je crois que l'on peut dire avec autant de raison que les enfants proposent, et que les parents se chargent de disposer.

EUGÈNE.

Et souvent sans nous en demander la permission.

HENRI.

Ils n'accomplissent en cela qu'un droit et un devoir.

Et le droit et le devoir de l'enfant, c'est d'être soumis et respectueux, c'est de s'étudier à satisfaire son père et sa mère : voilà le plus bel emploi, voilà le plus doux plaisir des vacances.

EUGÈNE.

Et si l'on nous force tout le jour, ainsi que des ermites, à rester au foyer ?

HENRI.

On y reste gaiement, et l'on peut même chanter le refrain :

Où peut-on être mieux qu'au sein de sa famille ?

EUGÈNE.

Et si l'on nous fait travailler aux champs, au ménage, à l'atelier?

HENRI.

Il faut le faire plus gaiement encore, en se rappelant que le travail du corps repose des fatigues de l'esprit.

EDMOND.

Et l'on s'imagine être déjà un homme, puisque l'on travaille au soutien sa famille.

EUGÈNE.

J'ai entendu dire, au contraire, que le meilleur, c'est de rester enfant le plus longtemps possible.

HENRI.

Oui, il faut être enfant par la soumission et la simplicité, mais s'habituer de bonne heure à être homme par la noblesse des sentiments.

EDMOND.

Il faut justifier en toi les vers du grand Corneille

Chez les âmes bien nées,
La valeur n'attend pas le nombre des années.

EUGÈNE.

Comment! si l'on nous confisque toutes nos vacances, il faut se résigner et répondre : Ainsi soit-il ?

HENRI.

Les vacances employées au bonheur de sa famille sont les meilleures. C'est un temps et un capital placés à gros intérêts sur la banque du Ciel, et Dieu lui-même se chargera de nous payer ces intérêts, même sur la terre.

EDMOND.

Je crois bien que tu veux mettre aussi ton esprit à intérêt, afin de remporter le prix.

HENRI.

C'est pour ouvrir dignement les beaux jours que je voudrais faire luire sur le toit paternel.

EUGÈNE.

Ainsi, toi, tu renonces à tout : voyage, étude, lecture, repos, tu sacrifies tout à la fois?

HENRI.

Au contraire, je ne renonce à rien, car je sais que les parents d'un fils courageux et dévoué savent toujours varier et diversifier ses plaisirs.

EUGÈNE.

C'est pour les encourager que tu parles ainsi.

HENRI.

Un père et une mère n'ont pas besoin d'être encouragés à faire le bonheur de leurs enfants, c'est pour eux une nécessité et un besoin de leur cœur.

EDMOND.

Je crois, en effet, que si nous sommes toujours raisonnables et bons, ils voudront eux-mêmes embellir nos vacances, et les rendre encore plus gaies et plus douces.

EUGÈNE.

Je commence à croire que Henri est le mieux inspiré, il a touché la corde sensible des cœurs.

EDMOND.

J'attendais cet aveu généreux. Oui, il vaut mieux être bon fils et dévoué à sa famille, que d'être voyageur, savant, lecteur intrépide. Eh bien ! Messieurs les rivaux et antagonistes, qu'en dites-vous ?

VI.

Tous.

EDOUARD.

Je n'ai point déserté ma cause et j'aspire encore à la récompense. En travaillant à l'étude, on satisfait aux vœux de ses parents, on se prépare à être leur gloire et leur espérance. Moi, je veux faire tous mes devoirs de vacances.

EDMOND.

Tu fais bien ; il est bon d'être instruit ; pourvu que l'on ne devienne pas comme certains demi-savants qui ont encore plus d'orgueil et de vanité que de savoir.

EDOUARD.

L'étude elle-même m'apprendra la piété filiale et m'offrira de beaux modèles à suivre. L'Histoire Sainte me montrera Salomon dressant près de lui un trône pour sa mère. L'Histoire de France me dira que saint Louis, à l'âge de quarante et de cinquante ans, était respectueux et aimant envers sa mère comme au jour de sa première communion.

LUCIEN.

Et la lecture donc!.. Voilà le vaste champ où l'on peut récolter de sages leçons et de mémorables exemples. J'y verrai même que saint Augustin s'est converti par une lecture pieuse et qu'il a ainsi consolé et réjoui sa mère si chrétienne. La lecture l'emporte encore sur l'étude, puisqu'elle peut nous convertir et nous changer.

EDMOND.

Oui, pourvu que tu saches choisir les livres, car les plus magnifiques en apparence renferment souvent un poison secret. Ils ressemblent à ces plaines émaillées de fleurs qui cachent des serpents et des vipères. En tous cas, je crois qu'il faut varier et unir sagement la lecture, le repos, l'étude.

EUGÈNE A JOSEPH.

Et toi, Joseph, comment les voyages te rendront-ils plus dévoué à ta famille?

JOSEPH.

Rien de si simple. On dit que ce sont les exilés qui aiment le mieux leur patrie, et que, pour apprécier davantage une chose, il faut en être privé quelque temps.

EUGÈNE.

Te voilà jugé et condamné par tes propres paroles. Pour mieux apprécier une chose, il faut en être privé, donc pour mieux apprécier les prix, il faut les laisser pour les autres... Ainsi, te voilà servi...

EDMOND.

Et toi, Eugène, qui fais si bien l'office de juge, persistes-tu dans ton apologie du repos?

EUGÈNE.

Moi, la plus belle maxime que j'aie jamais lue, c'est celle-ci :

Sobre pour le travail.....
Vous aurez l'esprit libre et la santé durable.

EDMOND.

Où as-tu trouvé cette parole qui semble si bien servir ta cause ?

EUGÈNE.

Dans les *Maximes de la Sagesse.*

EDMOND (*prenant le livre de prix*).

Justement : Voici notre affaire. (*Lisant.*) *Réflexions morales* ou *Explication des Maximes de la Sagesse....*

(*Il cherche la maxime à la table, puis s'écrie* :)

Mon pauvre Eugène, te voilà pris dans ton propre piége.

EUGÈNE.

Comment cela ?

EDMOND.

Tu as fait une citation incomplète. Voici la maxime tout entière :

Sobre pour le travail, le sommeil et la table.

Entends-tu? sobre aussi pour le sommeil, c'est-à-dire pour le repos.

JOSEPH.

Te voilà servi à ton tour, nous pourrons nous donner la main.

EDMOND.

Tu sauras ainsi qu'avec des citations infidèles on peut faire dire à un livre tout ce que l'on veut.

EDOUARD.

Ainsi, nous ne sommes plus que trois à luttor.

EUGÈNE.

Je n'y ai point encore renoncé.

EDOUARD.

Comment ! tu veux te reposer à l'école, tu veux te reposer à la maison, et tu réclames un prix !

EUGÈNE.

C'est justement pour cela...

EDOUARD.

Et lequel ?

EUGÈNE.

Le prix de persévérance.

EDOUARD.

Eh bien ! tu attendras qu'il soit institué.

EDMOND.

Terminons le débat. Edouard croit trouver les moyens de fortifier sa piété filiale dans l'étude, Lucien les trouve dans la lecture, et toi, Henri, comment accroîtras-tu ce culte du foyer que tu veux pratiquer si bien ?

HENRI.

Je regarderai le front de mon père et de ma mère, c'est là le livre vivant que je veux lire avant tous les autres ; j'y verrai écrite leur incomparable tendresse, j'y verrai les gouttes de sueur qu'ils répandent pour moi. Cette seule vue suffira pour me rendre le meilleur et le plus dévoué des fils.

EDMOND.

Quand on trouve une âme si riche en nobles sentiments, il n'y a plus à discuter, il ne reste qu'à applaudir et à couronner le vainqueur.

EDOUARD.

Il y a quelque chose de plus à faire, il faut l'imiter et rendre à nos pères et à nos mères les vacances si délicieuses et si douces qu'ils les trouvent trop courtes, et qu'ils aient regret de nous voir rentrer à l'école aux premiers jours d'octobre.

FIN.

Versailles. — Imprimerie BEAU, rue de l'Orangerie, 36.

www.ingramcontent.com/pod-product-compliance
Ingram Content Group UK Ltd.
Pitfield, Milton Keynes, MK11 3LW, UK
UKHW020547230726
13925UKWH00006B/2441

9 782014 06182